UN PAQUET DE LETTRES

DU MÊME AUTEUR

MONSIEUR, MADAME ET BÉBÉ, 40e édition. 1 volume in-18........................ 3 fr.

ENTRE NOUS, 21e édition. 1 volume in-18... 3 fr.

LE CAHIER BLEU DE Mlle CIBOT, 18e édit. 1 volume in-18......................... 3 fr.

AUTOUR D'UNE SOURCE, 8e édition. 1 vol. in-18.................................. 3 fr.

PARIS. — J. CLAYE, IMPRIMEUR, 7, RUE SAINT-BENOIT. — [2067]

GUSTAVE DROZ

UN PAQUET DE LETTRES

PARIS
J. HETZEL ET Cie, ÉDITEURS
18, RUE JACOB, 18

UN PAQUET DE LETTRES

I

L'ABBÉ LEROUX AU COMTE DE X...

Cher monsieur le comte,

L'excellent abbé Derval m'a transmis vos affectueux compliments, et je viens vous en exprimer toute ma gratitude. Monseigneur de son côté vous rend mille grâces pour l'intérêt que vous prenez à ses souffrances physiques. Un habile praticien de Paris, le docteur Vincent, a déjà procuré de grands soulagements à notre vénéré pasteur, et tout me fait espérer que, Dieu aidant, les dangers que nous redoutons seront à jamais conjurés.

Vous voulez bien, monsieur le comte, m'inviter à venir au printemps passer quelques jours à Sainte-Croix; je vous en suis fort reconnaissant. Je n'ai point oublié la grâce charmante avec laquelle vous et Mme la comtesse voulûtes bien m'y accueillir lors de la première communion du jeune vicomte, et cela serait pour moi une joie grande que de revoir ces ombrages touffus, ces bosquets embaumés, où nous eûmes, s'il vous en souvient, de si longues et de si douces conversations sur l'éducation religieuse du cher enfant.

La confiance dont vous me donnâtes alors le précieux témoignage suffirait à me rendre chère cette campagne de Sainte-Croix, alors même que les souvenirs personnels de mon humble enfance ne seraient pas là pour m'attirer vers ce beau pays.

C'est dans cette maisonnette entourée de son petit verger, qui touche à vos terres et confine au bourg, que se passa mon enfance ; c'est là que plus tard je résolus de me donner à Dieu ; là que mon vieux père, après une vie de labeur, rendit son âme... Chers souvenirs, touchantes impressions, que votre invitation ravive en mon cœur!

Mais à ce sujet, que me dit l'excellent abbé Derval? Vous auriez jeté les yeux, m'assure-t-il, sur cette modeste chaumière, négligée depuis si longtemps. J'ai peine à croire, monsieur le comte, que ma maisonnette ait pu attirer un seul instant votre attention, et je suis bien plutôt porté à penser qu'il y a là quelqu'une de ces innocentes malices dont le bon abbé Derval est fort capable.

II

M. ANATOLE DU BOIS DE GROSLAU

AU COMTE DE X...

Mon cher comte,

En offrant de consacrer à l'installation d'une école laïque un emplacement attenant à vos terres et confinant au bourg, vous avez donné une preuve trop évidente de vos généreuses tendances pour qu'elle n'amène pas autour de votre nom un grand nombre de sympathies

Votre candidature, je ne vous le cache pas, a soulevé dans le canton que vous habitez une sorte d'hésitation que doit sûrement conjurer votre libérale promesse; aussi n'ai-je point hésité à en faire ressortir les côtés honorables pour vous. Votre dévouement a été accueilli en haut lieu comme il devait l'être; — confiance et activité!

Je mets aux pieds de Mme la comtesse mes respectueux hommages, et vous prie de croire, mon cher comte, à mon chaleureux concours.

P. S. Il serait urgent que votre promesse fût promptement suivie d'un commencement d'exécution.

III

LE COMTE DE X...

A MAITRE LEDOYEN, NOTAIRE.

Assurément, mon cher Ledoyen, si elle n'était pas laïque,... mais par de hautes considérations qu'il serait trop long de vous énumérer, cette école doit être laïque... *quant à présent*. C'est là qu'est toute la difficulté; vous êtes charmant avec vos expédients! Dire à l'abbé Leroux ce qu'il en est, c'est amener une tempête. Voyez-le, et enlevez la place d'assaut. — J'irai jusqu'à quinze mille francs, si besoin est. Soyez prudent, — mais ne perdez pas de temps, — c'est une somme, que diable! Vous m'assurez qu'il n'y a pas d'hypothèque?

Venez donc tirer un lapin un de ces jours, vous savez que vous êtes toujours le bienvenu, mon cher ami.

P. S. Mme Ledoyen va bien, j'espère? La comtesse me demandait hier de ses nouvelles. Votre fils n'avance pas, que diable! voilà un surnumérariat qui dure trop.

IV

LE COMTE DE X... A L'ABBÉ LEROUX, AU PALAIS ÉPISCOPAL.

Ce que vous me mandez au sujet de la santé de monseigneur, mon cher abbé Leroux, nous comble de joie. Les souffrances ont enfin cessé : Dieu soit béni! car c'est bien plutôt à l'intercession de la Providence qu'à la science humaine qu'il faut attribuer cet heureux résultat.

Le docteur Vincent, — je ne conteste pas son habileté de praticien,

— n'est-il pas un libre penseur,... je ne sais,... un matérialiste? J'en ai entendu beaucoup parler lors de mon dernier voyage à Paris, ce me semble. Il a publié des brochures, émis et soutenu des théories... Monseigneur a dû singulièrement souffrir à l'idée d'appeler à son chevet un homme aussi tristement célèbre; mais ce n'est point à nous d'apprécier les intentions de la Providence et de discuter la valeur des instruments dont elle se sert pour arriver à ses fins.

Après la crise douloureuse que notre cher pasteur vient de traverser, ne pensez-vous pas qu'une semaine ou deux à la campagne lui feraient grand bien? Doublement épuisé par les souffrances physiques et par les soucis toujours croissants de son administration pastorale, ne pensez-vous pas, dis-je, qu'un peu de calme et de repos lui serait salutaire ?

La petite chapelle de Sainte-Croix se parerait de ses plus belles fleurs, et monseigneur sait de reste que son appartement est toujours préparé pour le recevoir. Je n'ai pas besoin de vous parler de notre reconnaissance. La saison s'annonce bien ; déjà les fleurs s'entr'ouvrent au soleil, et vous savez mieux que personne, mon cher abbé, vous qui avez conservé dans votre cœur le sentiment de la nature, vous savez combien sont délicieuses ces premières promesses de l'été.

Puisque nous parlons campagne,

laissez-moi vous dire en passant que vous êtes un peu sévère pour ce bon abbé Derval, que nous aimons tous deux, et qui n'a fait que vous transmettre fidèlement mes paroles. En voyant l'autre jour votre petite propriété, dont vous tirez, je crois, un bien mince profit, l'idée me vint de vous en proposer l'acquisition. Excusez-moi de vous parler affaires, mais j'ai pensé que la vente de ce morceau de terre pourrait être agréée par vous. L'enclos est enclavé dans mon parc, et pourrait y être joint. Ce ne sont là au reste que propos en l'air, et si j'en ai parlé à l'abbé Derval, c'est qu'il pourrait y avoir pour vous double avantage dans cette petite transaction, avantage à vous débarrasser d'un bien presque improductif dont l'administration, pour n'être pas fort compliquée, n'en est pas moins en dehors de vos préoccupations ordinaires, avantage à profiter de la plus-value que donne à votre terrain la position exceptionnelle qu'il occupe dans le parc de Sainte-Croix. Pour en finir avec ce fameux projet, un mot encore : je ne sais au juste quelles sont la contenance et la valeur des Herbiers ; mais ils ne me paraissent pas loués d'une façon très-avantageuse, et je serais presque tenté de vous reprocher quelque négligence dans l'administration de votre bien, si je ne devinais sous cet apparent abandon la trace de votre charité et de votre bon cœur.

Le loyer des Herbiers est-il de

cent cinquante, deux cents, trois cents francs? Calculez, mon cher abbé, le capital que représente ce revenu, *quel qu'il soit*, et, comme il est juste que je paye la convenance, priez mon notaire, maître Ledoyen, de multiplier par deux le susdit capital.

Vous voyez, cher abbé Leroux, que je suis rond en affaires. L'acquisition des Herbiers n'est pas, à vrai dire, une affaire.

V

LE COMTE DE X... A M. A. SAX, FABRICANT D'INSTRUMENTS DE CUIVRE.

Monsieur Sax,

N'auriez-vous pas fait erreur dans le choix des embouchures? Tout est fort bien quant au reste, à l'exception cependant d'un pavillon qui a été singulièrement endommagé dans le transport, et dont j'ai fait constater l'état au chemin de fer. Mes musiciens, qui, à vous dire le vrai, ne sont pas des virtuoses, se plaignent extrêmement des embouchures. S'il était possible d'en avoir de plus larges, je vous serais obligé de me les expédier. Les sons devraient-ils être un peu moins purs par le fait de ce changement, que mes pompiers n'y verraient pas grand inconvénient, ni moi non plus.

Veuillez mettre le comble à votre complaisance en m'envoyant quelques fanfares de la plus grande facilité et produisant de l'effet, quelque chose de gai, de bien cadencé. Votre situation vous met en mesure de me rendre ce petit service mieux que qui que ce soit. Vous m'aviez promis aussi de joindre à votre envoi la poudre qui sert à nettoyer les cuivres. Fort importante, cette poudre ! Notre musique joue le plus souvent en plein air, et le moindre brouillard, la moindre pluie ternit affreusement ces instruments.

VI

L'ABBÉ LEROUX AU COMTE DE X...

Monsieur le comte,

J'ai la douleur de vous annoncer que monseigneur vient d'avoir une rechute infiniment plus sérieuse que les autres. Cette crise se manifesta quelques heures seulement après le départ du célèbre opérateur que nous fîmes venir de Paris· il y a quelques jours, et sur lequel vous avez émis une opinion en tout conforme à la mienne. Les sécrétions aqueuses ne trouvant pas d'issue, les douleurs devinrent bientôt intolérables. On télégraphia immédiatement; mais en dépit de notre empressement, les secours se faisant trop attendre, — jugez de nos angoisses! — nous fûmes obligés d'avoir recours à un praticien du pays, le docteur B..., homme bien pensant et respectable à tous égards. Soit qu'il n'eût pas l'habitude de ce genre d'opérations, soit qu'en une aussi grave occurrence le poids de la responsabilité fît trembler sa main et troublât son jugement, ce malheureux docteur n'arracha que des cris à notre vénéré pasteur, et n'obtint que des résultats d'une efficacité insignifiante.

Nous sommes désespérés en présence des souffrances supportées par monseigneur avec ce courage, j'allais dire cet héroïsme, que les âmes vraiment fortes trouvent seules dans la foi religieuse. Il ne peut être question en un pareil moment, vous le comprenez, monsieur le comte, d'un voyage à Sainte-Croix.

Dans mon trouble, j'allais oublier les propositions que vous me fîtes au sujet du petit bien que me légua mon père vénéré. Les questions d'argent ne sont guère de ma compétence, et Dieu a bien voulu qu'elles fussent pour moi en quelque sorte un sujet de répulsion. Je ne me suis jamais demandé quelle pouvait être la valeur des Herbiers, j'avoue même que l'idée de m'en déposséder ne m'était jamais venue à l'esprit. A mesure que nous avançons dans la vie, Dieu, qui nous détache des biens temporels, nous rend plus précieux les souvenirs du cœur, de telle sorte que l'offre que vous avez bien voulu me faire, et que votre notaire m'a renouvelée avec une certaine précision, me trouble sans me tenter, me désole sans me convaincre.

Mais j'ai scrupule en vérité à parler d'une affaire comme celle-là alors que dans ce palais, monseigneur étendu sur son lit...

Je vous quitte, monsieur le comte; excusez le décousu de cette lettre que j'écris à la hâte.

VII

LE COMTE DE X...

A MAITRE LEDOYEN, NOTAIRE.

Eh morbleu! mon maître, vous moquez-vous? N'avez-vous pas compris que la chose était urgente et que j'étais pressé? Mes offres le prouvent assez clairement! Croyez-vous que je m'obstinerais à l'acquisition de cette baraque, si dans le bourg ou touchant au bourg je trouvais un emplacement convenable? Non, mais le diable m'emporte! vous êtes prodigieux, Ledoyen. Le temps presse, agissez; je vous donne carte blanche quant au prix; je suis disposé à un sacrifice d'argent, — je dis sacrifice, je ne dis pas folie. — Il me faut la masure de l'excellent abbé Leroux.

Vous n'ignorez pas le respect que j'éprouve pour son saint caractère; mais les préoccupations ordinaires de sa vie l'éloignent un peu trop vraiment des affaires de ce monde. Des sentiments de famille, des souvenirs d'enfance fort respectables à coup sûr, mais dont il n'apprécie pas nettement l'exagération, l'attachent par des liens beaucoup trop forts à cette motte de terre, qui n'a, sur ma parole, aucune espèce de valeur. Le vieux père de l'abbé Leroux est mort dans cette maisonnette en saint ou à peu près, je n'y veux pas contredire ; mais les murs en sont délabrés, la toiture vermoulue, pas une fenêtre ne ferme ; les tuiles disjointes, fendues, rongées, laissent pénétrer la pluie, si bien qu'en temps d'orage j'ai su par la Claude qu'il fallait porter au grenier toutes les terrines de la maison. Le sol pierreux, la terre plus pauvre que de mesure, se refusent à toute culture. Le chiendent y languit! Cela n'est point cependant ce qui m'embarrasse, et ces raisons ne sont pas des obstacles pour moi ; faites-les valoir, quoi qu'il en soit, et, s'il le faut... dame! s'il le faut, poussez jusqu'à vingt mille ; mais faites vite et habilement, vous savez que je suis homme à savoir reconnaître un service. La correspondance m'accable, — j'écris vingt-cinq ou trente lettres par jour.

VIII

LE COMTE DE X... A L'ABBÉ LEROUX,

AU PALAIS ÉPISCOPAL.

Ce que vous me mandez de la santé de monseigneur nous plonge, la comtesse et moi, dans la consternation. Que de souffrances et d'angoisses pour couronner l'édifice d'une vie consacrée tout entière au bonheur des autres!... Les expressions me manquent; nous sommes navrés!

Nous prions Dieu, et du plus profond de notre cœur, pour le rétablissement de notre saint prélat. — Veuillez lui transmettre l'expression de nos vœux.

J'ai un remords, mon cher abbé : je ne vous ai point affligé au moins en insistant quelque peu pour la vente des Herbiers ? J'attends un mot qui me rassure.

IX

LE COMTE DE X...

AU CURÉ DE SAINTE-CROIX.

Monsieur le curé,

Vous me rappelez une promesse que je n'avais nullement oubliée, veuillez le croire, et votre lettre m'arrive au moment même où je m'occupais d'en hâter la réalisation. En briguant l'honneur de défendre au corps législatif les intérêts de ce beau pays, je fais passer les besoins

3.

de l'âme avant les besoins du corps, et j'estime que la régénération sociale que nous souhaitons est tout entière dans la libre expansion des idées religieuses.

C'est vous dire, monsieur le curé, que je n'ai point oublié la maison du Seigneur. Vous pouvez compter sur les fonds nécessaires pour la restaurer entièrement. L'important serait donc maintenant de charger l'architecte diocésain d'étudier la question et de faire le devis des travaux à exécuter.

X

LE CURÉ DE SAINTE-CROIX AU COMTE DE X...

Au nom de toute la paroisse, merci, monsieur le comte, pour vos généreuses promesses. Les nobles pensées que vous exprimez en si beaux termes me sont un sûr garant de vos intentions, et ce que vous ferez pour Dieu ne restera point, soyez-en sûr, sans récompense ; mais, permettez-moi de vous le dire, nous différons un peu dans l'entente des moyens d'exécution. Au lieu de fixer la somme à demander sur le devis de l'architecte, il serait bien préférable de régler le devis des travaux à faire sur l'importance de la somme obtenue; la vieillesse est curieuse de jouir, ce en quoi il faut l'excuser, et notre église, qui n'est plus jeune, préférerait un coup de pioche à tous les devis du monde.

Vos bonnes intentions vous valent nos remercîments, monsieur le comte. La réalisation prochaine de vos pieuses promesses vous méritera notre reconnaissance et, je le dis sans détour, notre efficace sympathie en toute chose.

XI

L'ABBÉ LEROUX AU COMTE DE X...

Dieu a exaucé mes prières et les vôtres, monsieur le comte ; monseigneur est infiniment mieux, et je puis enfin répondre à la lettre affectueuse dont vous avez bien voulu m'honorer.

Je fus visité l'autre jour par maître Ledoyen, qui me fit au sujet de la vente des Herbiers des ouvertures tellement précises et pressantes que j'en ressentis tout d'abord un grand trouble. Eh quoi! est-il donc vrai que vous songiez sérieusement à acquérir cette modeste propriété? De quelle contenance est-elle? — En vérité, je ne sais, quoique je l'estime sensiblement plus vaste que ne paraît le croire maître Ledoyen. — Alors il faut aliéner cette humble demeure! Mon cœur se serre; je revois la vaste chambre bien aérée, avec sa grande cheminée en belle pierre de taille et ses grosses poutres saillantes en cœur de chêne, et aussi ses épaisses murailles que, dans mon imagination d'enfant, je comparais à celles d'une forteresse. Je vois encore mon vieux père occupant les dernières heures de sa vie à la culture de ce cher jardin, faisant la récolte de ses fruits, et, en dépit de l'âge, trouvant encore la force d'arracher ses pommes de terre,— pardon pour ces détails, — ses chères pommes de terre, les meilleures du pays à dix lieues à la ronde, disait-il avec son bon sourire. Ah! que nous étions de son avis, nous autres bambins! comme nous nous ébattions dans le vaste et haut grenier! Et nos jeux autour de cette belle eau de source qui coule incessamment de la fontaine! Comme ces souvenirs me reviennent à l'esprit quand je songe à ce petit bien insignifiant pour vous, monsieur le comte, mais qui fut pour ma famille une sorte de paradis terrestre, et dont la fertilité permit à mes vieux parents de vivre dans l'abondance de toute chose. L'an dernier, lorsque je revis les Herbiers à propos de la toiture, que je fis refaire complétement, je songeais que, moi aussi, j'y viendrais sans doute finir mes jours en paix avec moi-même et avec les autres... Vendre ce pauvre toit! Eh! monsieur le comte, alors même que, désireux de vous complaire, j'accepterais en principe cette transaction, au moment de signer l'acte la plume me tomberait des mains!

Que deviendront les locataires actuels des Herbiers? Claude et sa femme sont mes parents, les seuls parents qui me restent. Ils sont installés là depuis douze ou quinze ans, et le ciel a béni leur union en leur envoyant six enfants, qu'ils élèvent dans l'amour du travail et la crainte de Dieu. La petite culture des Claude est dans le voisinage des Herbiers, ce qui est pour eux une grande économie de temps et de fatigue; mon cœur saigne à l'idée de briser la vie de ces gens simples, honnêtes et pieux... Voyons, les abandonnerai-je sur la grande route, sans toit, sans ressource? Où trouveraient-ils, pressés qu'ils seraient par le besoin, où trouveraient-ils un fermage aussi avantageux que celui des Herbiers, dont je peux leur demander un loyer insignifiant, étant bon parent et point homme d'argent, grâce au ciel?

Vous me direz, monsieur le comte, que Claude est un cultivateur habile, qu'il ne ménage ni la peine ni la fumure, qu'il est plus soucieux du bien d'autrui que du sien propre, qu'il tiendrait à honneur de rendre les terres qu'on lui confierait dans un meilleur état que celui où il les aurait reçues; vous me direz que Claude, en un mot, est un précieux fermier; mais qui saura l'apprécier? Les gens de son espèce sont modestes et ne font point parade de leurs qualités. Et, voyez, votre petite ferme de La Brèche, que votre fermier va laisser tout à l'heure, à l'expiration de son bail, dans un si déplorable état, ne prouve-t-elle pas que les propriétaires les plus sensés et les plus intelligents se laissent prendre aux apparences dans le choix de leur locataire?

Tout bien pesé, renonçons, monsieur le comte, à ce projet de vente, ou tout au moins attendons un peu. Laissez-moi me faire à cette idée, laissez-moi aussi le temps de préparer mes pauvres parents au chagrin d'abandonner leur toit; l'hiver sera rude, laissons passer l'hiver.

XII

LE COMTE DE X...

A MAITRE LEDOYEN, NOTAIRE.

Et que voulez-vous que j'y fasse? — Vous ne comprenez pas du tout ma position. — On me l'impose laïque! Je sais parfaitement que je me fais des ennemis ; mais le temps presse, il faut en finir. Oui, je m'engage à louer ma ferme de La Brèche à ce Claude, qui peut être fort bien pensant, mais dont la paresse ne craint pas de rivalité. Eh bien! je la lui loue sans augmentation de prix. Il est vrai que les terres sont un peu épuisées par les betteraves de l'autre animal,... enfin!

Quant aux Herbiers, ces vingt-cinq mille francs sont notre grosse artillerie; n'en usez qu'au dernier moment.

Vingt-huit mille francs!... je voulais dire vingt-cinq mille francs... enfin peu importe. C'est monstrueux! agissez. Je suis sur les dents; je ne me soutiens que par des excès de café noir.

XIII

MAÎTRE LEDOYEN, NOTAIRE,

AU COMTE DE X...

Je crois que nous sommes enfin maîtres de la situation, monsieur le comte. Tout me porte à croire que le succès de la journée est dans cette artillerie de réserve dont vous m'avez confié la direction, et à laquelle je vous prierai d'ajouter quelques bouches à feu.

XIV

LE COMTE DE X...

A MAITRE LEDOYEN, NOTAIRE.

Morbleu! mon cher, mais autant dire que vous voulez piller l'arsenal! Ma situation est inouïe, et je ne crois pas que cette candidature ait jamais eu de précédents! Ce que je reçois de prospectus dépasse l'imagination. Vingt lettres par jour, douze bureaux de tabac sur le tapis... sur mon tapis! Toutes les plaies du département se donnent rendez-vous à Sainte-Croix.

Il faut tout guérir, tout consoler. Bertrand, le cantonnier, m'a demandé une pelle et une pioche neuves. Je m'attends à ce que le facteur me prie discrètement de renouveler ses bottes. Aidez-moi pour ce que je vous ai dit, et comptez sur moi; je suis accablé.

XV

M. SAX AU COMTE DE X...

Monsieur le comte,

Les embouchures qui vous furent livrées avec les instruments sont celles que l'art et l'expérience imposent. Je m'étonne que vos exécutants n'en soient pas satisfaits. Musicalement parlant, leurs plaintes sont absolument déraisonnables. Quoi qu'il en soit, comme je tiens particulièrement à satisfaire vos désirs, je vais immédiatement étudier la question.

XVI

L'ABBÉ LEROUX AU COMTE DE X..

Monsieur le comte,

Une rechute de monseigneur, rechute qui pouvait avoir des conséquences de la plus grande gravité, m'a empêché de vous écrire immédiatement au sujet d'une conversation que j'eus récemment avec maître Ledoyen. Cette conversation fut interrompue subitement par les souffrances de notre cher malade, et je dus courir à son chevet.

Sans doute je suis rassuré sur le sort de mon bon Claude, sur celui de son intéressante famille, si laborieuse et si méritánte, — six enfants, monsieur le comte! — mais je n'ai point encore pu rassembler assez de courage pour accepter le sacrifice tout personnel que vous demandez de moi. Excusez ma faiblesse. Je vous tiens en trop grande estime pour répondre à vos flatteuses insistances par un refus formel; mais, de grâce, laissez-moi le temps de me façonner à cet abandon.

Dans sa langue d'homme d'affaires, maître Ledoyen entasse les chiffres, étale les opérations... Hélas! je regrette vraiment que la Providence ne m'ait point assez bien doué pour apprécier à sa juste valeur la délicatesse de ces petits travaux.

A cette heure où notre vénéré malade réclame encore tous mes instants, il m'est impossible de me recueillir et de conclure. J'ai dû redemander en toute hâte cet opérateur de Paris dont les croyances, — quelles croyances! — sont, j'en ai bien peur, beaucoup au-dessous de ses talents de praticien. Il faut avouer maintenant que son adresse est merveilleuse : le soulagement fut immédiat. Pourquoi faut-il que la reconnaissance soit impossible envers un homme de cette sorte, et qu'après avoir souhaité aussi ardemment sa venue à cause de ses talents, on en soit réduit, à cause de ses principes, à remercier le ciel de son départ

XVII

LE COMTE DE X...

A M. ANATOLE DU BOIS DE GROSLAU.

Voici un brouillon, un projet de profession de foi. Ce ne sont là que quelques mots que je jetai sur le papier hier au soir. Je n'ai pas cru devoir dépouiller cette page de tout charme littéraire, ai-je eu tort? Je serais désireux d'avoir en tout ceci vos officieux conseils. C'est à l'ami que je m'adresse; c'est l'ami, n'est-ce pas, qui me répondra? Mettez en marge vos observations.

Aux électeurs de la septième circonscription.

« Messieurs,

« En m'offrant à vos suffrages comme candidat de la septième circonscription, je ne cède pas, veuillez le croire, à des vues étroites d'ambition personnelle. Mon passé, mon nom, qui depuis des siècles se lie à l'histoire de cette contrée, ma position de fortune enfin, — dont je parle sans orgueil, — me mettent au-dessus de ces mobiles mesquins. Disons toute la vérité : si je sollicite l'honneur de vous représenter, c'est poussé par un mouvement spontané de mon cœur, par l'irrésistible besoin de manifester au souverain ma reconnaissance et la vôtre.

« Né dans ce pays, vivant au milieu de vous, au sein même de cette population laborieuse, honnête, pleine de force et de foi, j'en connais les besoins, les désirs, les aspirations, et le jour où aux pieds sacrés du trône j'aurais à en formuler la respectueuse expression, je trouverais dans la profondeur de mes convictions intimes la force de me maintenir à la hauteur de votre patriotique désintéressement.

« Le dévouement inébranlable que j'ai voué pour toujours à une tête auguste que la Providence a visiblement touchée de son doigt, ne saurait ressembler à ces dévouements superficiels, sans religion, sans foi, dont les hommes du passé, — je parle d'eux sans colère, — ont donné le triste exemple. Trop longtemps notre malheureux pays, ainsi qu'un frêle esquif, fut ballotté parmi les écueils de l'anarchie. Consolidons les bases inébranlables du trône; de nos convictions formons un faisceau, si j'ose dire, qui soit comme un piédestal immense au sommet duquel l'État flotte à pleines voiles vers ses glorieuses destinées. » (Tout cela doit être revu, il n'y a que le jet). « On a voulu troubler votre confiance par des paroles coupables; sur certaines questions il faut parler avec franchise et appeler la lumière. La paix, messieurs, veut dire prospérité, comme aussi la guerre signifie grandeur. Il n'est pas une âme vraiment française qui, devant cette double vérité, ne se sente frémir d'orgueil.

« Électeurs de la septième circonscription, il n'est point de prospérité sans grandeur, il n'est pas de grandeur sans prospérité!

« Voilà, en deux mots, quelle serait ma ligne politique; mais que sert de vous parler davantage? Le temps des phrases pompeuses et des débats vides est passé, et je croirais porter atteinte à la noblesse de vos sentiments en entrant ici dans les vaines subtilités d'une discussion de détails. Voyons les choses de haut, jugeons avec notre cœur, avec ce cœur qui sait voir dans la brillante auréole du génie le divin symbole de l'honneur national.

« Électeurs de la septième circonscription, vous avez en moi un ami. »

Suis-je dans la voie? Il est tout d'abord malaisé de trouver le langage qui convient aux masses; je crois cependant qu'il y a là quelques bons morceaux

XVIII

M. ANATOLE DU BOIS DE GROSLAU

AU COMTE DE X...

Bien, très-bien, mon cher comte; impossible de parler avec plus de dignité et de franchise. Peut-être souhaiterais-je dans le commencement un peu plus de chaleur et d'abandon, quelque chose dans le caractère de ceci :

Aux électeurs
de la septième circonscription.

« Chers concitoyens,

« L'heure solennelle a sonné où la France entière, la France honnête et loyale fait appel à tous les dévouements, à tous les hommes de cœur qui veulent le bien du pays. C'est à ce titre, chers concitoyens, que je pose ma candidature et m'offre à vos suffrages. En face de l'hydre anarchique qui semble vouloir relever la tête, en présence de ces sourdes menées qui menàcent le repos du travailleur et celui du père de famille, il faut que les bons citoyens se comptent, il faut que les dévouements se concentrent. Unissons-nous, nous serons invincibles, et l'avenir nous devra son bonheur. »

Ne trouvez-vous pas cela préférable ? L'allusion à votre position de fortune est dangereuse ; ne pourrions-nous glisser sur tout cela de la façon suivante :

« Je ne suis point aveugle sur les besoins du présent et les tendances de l'avenir. Les idées ont marché, je le sais, je le comprends, et je tiens à honneur de me dire l'homme d'un progrès réfléchi. »

Votre navire ballotté par l'orage est une belle figure. Vous avez parlé avec votre cœur, mais je redoute un peu « le piédestal immense au sommet duquel..., » etc. Cette poétique image sera-t-elle bien comprise? Tout cela est à remanier. Quant aux aspirations de la nation, ne craignez pas de les affirmer, c'est là qu'est notre force : une certaine rudesse de langage ne saurait déplaire en cette circonstance :

« Que voulons-nous tous, si ce n'est la liberté dans l'ordre et le respect d'une autorité indépendante, si ce n'est la prospérité de la France dans la juste confiance de sa valeur et de sa puissance, si ce n'est la dignité nationale dans l'entente raisonnée des ressources et des moyens dont notre inépuisable pays dispose?

Votre définition de la paix et de la guerre vient ensuite tout naturellement.

« Partant, plus de sous-entendus et de faux-fuyants, la franchise est le flambeau des âmes fortes. »

Après ces mots *le flambeau des âmes fortes,* je placerais sans y rien changer votre péroraison, qui est un chef-d'œuvre : « Mais que sert de vous parler davantage, » etc., on ne peut mieux dit et mieux pensé. « Trop longtemps la France..., » etc. Parfait. Et comme tout cela est juste, vrai!

Accélérez l'exécution du projet d'école, et croyez, monsieur le comte, que je suis bien tout à vous.

XIX

LE COMTE DE X... A L'ABBÉ LEROUX,

AU PALAIS ÉPISCOPAL.

Une rechute de monseigneur! Ah! mon Dieu! que me dites-vous là, mon cher abbé? J'espère tout au moins que cela n'a point eu de suites? Comme je partage vos inquiétudes, comme je comprends que vous soyez peu disposé à causer avec maître Ledoyen! Cependant, permettez-moi de vous le dire, c'est pousser un peu loin l'ou-

6.

bli des choses de ce monde, et les offres absolument exceptionnelles que mon notaire vous a faites ne sont pas de celles que l'on doit négliger. Parlons sans détour; aussi bien n'ai-je pas le temps de parler autrement.

Je ne vous apprends rien de nouveau en vous disant que j'ai fort grande envie des Herbiers, n'est-ce pas? Or cette grande envie, qui se traduit pour vous par un nombre considérable de billets de banque, pourrait fort bien ne pas être éternelle, et le temps que vous demandez pour réfléchir me paraît être bien dangereux pour vous. J'admets et je respecte tous les souvenirs de famille qui vous rattachent à cette masure; mais l'amour que vous ressentez pour elle est en vérité bien platonique, car je ne sache pas qu'en dix années vous ayez mis deux fois le pied sur votre patrimoine. En bonne conscience, puis-je m'imaginer que l'abbé Leroux que je connais, que l'abbé Leroux, confident et ami de monseigneur, aspirant, et avec raison, aux plus hautes dignités ecclésiastiques qui semblent faites pour lui, viendra terminer ses jours dans la baraque des Herbiers?

J'ai peur vraiment que les préoccupations qui m'assiégent en ce moment ne donnent à ma franchise une sorte de brusquerie qui ne m'est pas familière. Acceptez-en d'avance mes excuses.

Je vous offre d'acheter immédiatement les Herbiers moyennant une somme de trente mille francs payable à la signature de l'acte. Je vous délivre en outre des inquiétudes que peut vous causer l'avenir de la famille Claude, fort pieuse assurément, mais on ne peut moins laborieuse, j'ai la douleur de vous l'apprendre.

Voyons, mon cher abbé, j'agis franchement et... largement, vous ne sauriez le nier. Je suis pressé, dites-vous. — Eh! croyez-vous que, si je ne l'étais pas, je vous ferais de semblables propositions?

XX

L'ABBÉ LEROUX AU COMTE DE X...

Il est possible, monsieur le comte, que ces trente mille francs qui veulent arriver là comme un coup de massue, dépassent de beaucoup, d'après vos calculs, la valeur réelle de mon petit bien; mais encore une fois je suis malhabile en ces matières, et ma vue est courte pour estimer la valeur vénale des choses qui me tiennent au cœur.

Veuillez remarquer que vous venez m'offrir un marché que je ne souhaitais pas, qui me répugne encore, dont l'idée seule me cause une véritable douleur. Or, dans cette situation, sur quoi voulez-vous que je me base pour estimer le prix des Herbiers, si ce n'est sur la grandeur des regrets que j'éprouve à m'en déposséder?

Vous me faites toucher du doigt l'impatience que vous éprouvez à en devenir acquéreur; c'est me flatter extrêmement, sans pourtant me consoler. Veuillez croire que le premier désir dont vous voulûtes bien honorer mon coin de terre en centupla tout à coup la valeur pour moi.

Quant aux arguments de maître

Ledoyen, que je désespère de réfuter en termes convenables, ils me paraissent pécher par la base. L'insignifiance du loyer que depuis douze ou quinze ans j'accepte sans impatience, loin de diminuer la valeur foncière des Herbiers, ne l'augmente-t-elle pas au contraire, et n'est-il pas juste que le capital que vous m'offrez me fasse oublier quinze années de sacrifices?

Maître Ledoyen prétend que vous ne sauriez entrer dans ces considérations; moi, j'affirme que votre position de fortune, monsieur le comte, vous permet d'entrer dans toutes les considérations imaginables. Je ne m'expliquerais pas votre grand désir d'acheter cette propriété, si je ne vous supposais la louable pensée de lui redonner pour l'avenir une valeur considérable que les circonstances probablement ont fait méconnaître jusqu'à présent. Or cette valeur considérable dont la justesse de vos jugements me prouve clairement l'évidence, serait-il équitable que je n'en profitasse pas? Puis-je oublier que dans le faible arbrisseau que je vous cède, il y a un chêne puissant dont vous tirerez un incalculable profit? Enfin puis-je de gaieté de cœur déposséder de cette petite fortune mes héritiers, mes humbles héritiers, ou, à défaut d'héritiers, les pauvres, qui sont nos enfants à nous, monsieur le comte? Vous me parlez le cœur sur la main; je veux sur l'heure imiter votre exemple. Les propositions dont vous honorez ma petite propriété me furent faites, il y a peu de temps, par les bons frères des écoles chrétiennes, qui, trouvant les Herbiers merveilleusement situés, voulaient y fonder un établissement.

Vous le dirai-je? En dépit de l'excellence du but, je fus faible avec les bons frères tout comme je suis faible avec vous, et aujourd'hui encore, entre ces deux offres également honorables, je reste douloureusement indécis. Maître Ledoyen dira encore que vous ne sauriez entrer dans ces considérations; mais vous avez fait appel à ma franchise, et je me crois obligé à vous avouer toutes mes faiblesses.

XXI

LE COMTE DE X...
AU MAIRE DE SAINTE-CROIX

Tout ce que vous ferez sera bien fait, mon cher Ledru. Je suis accablé de travail, et il ne faut rien moins que mon dévouement inébranlable à la personne du souverain et la conviction profonde dans le plus sacré des devoirs pour me donner la force de résister à de semblables fatigues. Mettons à quatre-vingts, mettons à cent le nombre des couverts. Je veux rompre le pain avec le plus grand nombre possible de mes chers électeurs.

Vous me demandez le texte de mon toast; je l'avais oublié, mais je l'improvise incontinent. Faites-y une réponse simple où ma personne ne soit pas trop directement en jeu; l'enthousiasme, vous le comprenez, ne doit pas venir de vous. Voici ce toast; j'y mêle à dessein quelque gaieté, car je désire que ce banquet ne perde pas son caractère de fête de famille.

« Sapeurs-pompiers!

« Je viens ici sans pompe (*hilarité probable*), fraternellement, vous exprimer la joie que je ressens à me trouver au milieu de vous. Alors même qu'une longue communauté d'intérêts n'aurait pas cimenté entre nous une sincère affection, notre dévouement commun au souverain serait un lien assez puissant pour que nous puissions nous dire éternellement amis. Nous voulons tous la prospérité du pays, la facilité des transactions, l'extinction de l'ignorance; or pour cela que faut-il? Entretien facile des chemins vicinaux, création indispensable d'écoles primaires. En vous offrant un rouleau compresseur d'un maniement commode, j'ai voulu... (*Bravos probables*). Ne me remerciez pas, mes amis, ma récompense est tout entière dans l'idée que l'empierrement de vos routes sera désormais plus facile et plus rapide. Si d'autre part, en prenant sur moi de créer dans ce bourg une école primaire vaste, bien aménagée, je me... (*Bravos probables*). Assez, mes amis, l'émotion me gagne à l'expression chaleureuse de ces sympathies qui s'adressent, avouez-le, bien moins à ma personne qu'à ces convictions dont mon cœur déborde, et qui ne sont, je le sais, que l'écho des vôtres. »

Voilà, mon cher Ledru, ce que je pense dire, à peu de chose près.

XXII

LE COMTE DE X...

A M. PAGANI, ARTIFICIER.

Monsieur Pagani,

Cinquante douzaines ne seront pas de trop. Je tiens à la quantité. Peu de rouge dans les feux de Bengale, point si possible. J'ai fait couper trois peupliers suivant vos mesures. Vous trouverez ici charpente et main-d'œuvre. Je tiens essentiellement à l'aigle. Je n'ai pas le temps d'entrer dans plus de détails; je compte sur votre bon goût et votre intelligence.

XXIII

MAITRE LEDOYEN AU COMTE DE X...

Enfin, monsieur le comte, l'affaire est conclue. Le contrat de vente ainsi que le bail sont prêts à être signés demain à trois heures, si vous le voulez bien. L'heure me paraît bonne en ce que vous pourrez, en prenant le train express, repartir presque immédiatement.

Je ne veux pas revenir sur cette opération, qui nous a demandé tant de peines ; mais sans votre dernière lettre, qui ne laissait place à aucune hésitation, je n'osais véritablement pas terminer l'affaire. Trente-trois mille cinq cents francs ! plus le fermage pour neuf années de La Brèche à un prix... que je n'ose qualifier, puisqu'il a votre consentement.

XXIV

PAGANI,
ARTIFICIER DE S. M. LA REINE D'ESPAGNE
AU COMTE DE X...

Monsieur le comte,

Ayant déjà travaillé pour un grand nombre d'élections, nous sommes en mesure de comprendre parfaitement le caractère du feu d'artifice que vous souhaitez. Croyez que nous avons mis tous nos soins tant dans le choix des couleurs que dans la composition des emblèmes et des allégories.

En date de ce jour, je fais mettre au chemin de fer les trois caisses, qu'accompagne notre plus intelligent contre-maître.

XXV

M. ANATOLE DU BOIS DE GROSLAU

AU COMTE DE X...

(Remettre en mains propres.)

Dépouillement désastreux! Nous sommes consternés. — Minorité de 2,546 voix. Le coup vient de l'évêché. Comment expliquez-vous cela?

XXVI

LE MAIRE DE SAINTE-CROIX

AU COMTE DE X...

Je perds la tête au milieu de cette catastrophe. Je crains, monsieur le comte, que ces embouchures trop étroites, qui ont augmenté singulièrement les difficultés d'exécution et causé le charivari que vous savez, n'aient sourdement aigri les esprits. Tout le monde a fait son devoir ; mais le malheur est irréparable.

XXVII

LA COMTESSE DE X... A L'ABBÉ LEROUX.

Mon cher abbé,

Je ne saurais vous dire combien j'ai été peinée en apprenant les épreuves successives par lesquelles monseigneur vient de passer. Durant ces cruelles angoisses, nous avons été avec vous par l'esprit et par le cœur; nous avons partagé vos inquiétudes et nous avons participé aussi à votre joie lorsque le danger a été conjuré. Dieu soit béni!

J'ai eu de plusieurs côtés des détails précis sur la santé de monseigneur; mais c'est hier seulement que vos lettres si touchantes à tous égards me furent communiquées. Que n'ai-je été consultée, mon cher abbé, que n'êtes-vous venu me demander alliance défensive? Voilà un bien grand mot, n'est-ce pas? mais je n'en trouve pas d'autre. Voyons, entre nous, cette alliance-là ne vous compromettait guère, et, croyez-moi, elle en valait une autre. Les femmes, vous le savez, sont pour les choses délicates du cœur particulièrement bien douées; la Providence les console par là de mille petites misères. Je vous aurais compris, mon cher abbé, je vous aurais aidé, j'aurais agi, j'aurais discuté, — nous autres, gens faibles, nous avons notre éloquence, — j'aurais gagné notre procès, et je vous aurais évité, pauvre cher exproprié, tous ces chagrins dont je ne vois que trop clairement la trace dans vos touchantes lettres ; mais pourquoi désespérer ? Voyons, nous avons perdu en première instance ; rien de plus. Faut-il en vérité qu'un marché conclu au milieu du trouble et de l'inquiétude causés par la maladie de monseigneur pèse à tout jamais sur vous ? Faut-il d'un trait de plume briser un doux avenir, effacer tout un passé, renoncer à ces chers ombrages, à la demeure au toit rougeâtre, toute pleine encore de tendres souvenirs que mon cœur de femme devine et bénit, et le petit verger si frais et si fertile sous ses grands pommiers, et la fontaine à l'eau murmurante, et toutes ces choses dont vous peignez si simplement et si éloquemment le charme!

Non, non, cela ne sera pas, non assurément; je ne peux pas, je ne veux pas l'admettre. Fiez-vous à moi, et ce vilain rêve sera effacé pour toujours. Vous regrettez cruellement cette signature fatale? Annulons-la, déchirons ce maudit contrat. Sur un mot de vous, sur un signe, je vous déclare que la chose sera faite.

Et maintenant ne venez pas me demander par quels moyens j'arriverai à ce résultat. On trouve dans son cœur des armes puissantes de persuasion, mon cher abbé, lorsqu'il s'agit du bonheur de ses amis.

XXVIII

L'ABBÉ LEROUX A LA COMTESSE DE X...

Hélas ! madame la comtesse, votre précieuse sympathie vient apporter à mes petits chagrins une bien tardive consolation. Je n'en suis pas moins profondément touché par les témoignages affectueux dont vous voulez bien m'honorer.

Je ne saurais m'en cacher, mon cœur se serra lorsqu'il fallut signer cet acte qui me dépossédait à tout jamais de mon humble toit; mais bientôt je me demandai s'il n'y avait pas dans une douleur semblable une trop grande attache aux avantages passagers de ce monde, si la Providence ne m'envoyait pas à dessein cette petite épreuve, et je trouvai dans des préoccupations d'un ordre plus élevé l'oubli de ces misères.

Annuler ce contrat! Et que ne manquerait-on pas de dire, grand Dieu! Quels moyens, quelles influences ne m'accuserait-on pas d'avoir employés pour en arriver à l'annulation d'engagements publiquement et loyalement contractés!

Non, chère dame, acceptons les faits accomplis. Par goût et par respect pour mon caractère, je crains le bruit que causent de semblables affaires, et je tiens à éviter les bavardages qui en seraient la conséquence. Sans doute le moment fut douloureux pour moi, mais le coup est porté, et j'aurais honte d'attacher à cette petite blessure plus d'importance qu'il ne convient.

D'ailleurs, si douce et si persuasive que soit votre influence auprès de M. le comte, vous croyez peut-être la victoire plus facile qu'elle ne le serait, et pour rien au monde je ne voudrais vous exposer, chère dame, à un échec dont votre trop grande bonté ne peut admettre la possibilité. Encore une fois, acceptons les faits accomplis, et ne changeons rien, croyez-moi, aux choses que les lois humaines ont revêtues de leur sanction.

J'apprends l'insuccès de M. le comte aux dernières élections ; veuillez lui transmettre mes compliments de condoléance.

Abbé LEROUX.

Pour avoir collationné les textes :

GUSTAVE DROZ.

TABLE

V

VI

VII

VIII

IX

X

XI

XII

XIII

XIV

XV

XVI

XVII

XXIV

XXV

XXVI

XXVII

XXVIII

PARIS — J. CLAYE, IMPRIMEUR, 7, RUE SAINT-BENOIT. — [2067]

www.ingramcontent.com/pod-product-compliance
Ingram Content Group UK Ltd.
Pitfield, Milton Keynes, MK11 3LW, UK
UKHW020355230726
13925UKWH00003B/1127

9 782019 248642